Frank Lachmann
Kann Spuren von Nüssen enthalten

PIPER

Zu diesem Buch

Vergeht das Leben mit »Langzeit-Dünger« schneller? Was diagnostiziert der Facharzt bei »Reizhusten mit Honig«, und wo zur Hölle wächst »Bluccoli«?
Frank Lachmann hat sich auf die Suche gemacht und sich all der dummen Schachteln und noch blöderen Slogans der Warenwelt angenommen.

Frank Lachmann, geboren 1975, ist freier Autor, Texter, Tonträgersammler und Nachtlebentheoretiker.
Er lebt in Berlin, arbeitete unter anderem für *Spreeblick* und *SPEX*-Online und wurde von der *Zeit* als »Deutschlands witzigster Twitter-User« bezeichnet. Seine Website mit Verpackungsblödsinn findet sich unter http://halbgar.org

Frank Lachmann

Kann Spuren von Nüssen enthalten

Verpackungsnonsens aus den Niederungen der deutschen Sprache

Piper München Zürich

Mehr über unsere Autoren und Bücher:
www.piper.de

MIX
Papier aus verantwortungsvollen Quellen
FSC® C083411

Originalausgabe
März 2012

Umschlagkonzeption: semper smile, München
Umschlaggestaltung: Birgit Kohlhaas.
Die Verwendung des Umschlagmotivs erfolgt unter freundlicher Genehmigung der Alfred Ritter GmbH & Co. KG
Satz: Kösel, Krugzell
Druck und Bindung: CPI – Clausen & Bosse, Leck
Printed in Germany ISBN 978-3-492-27398-5

Ein Versuch über Quatsch

Macht die Werbeindustrie das alles mit Absicht? Sind die meist völlig wahnsinnigen Verpackungsaufdrucke und Reklamefloskeln in Wirklichkeit geheim-ironische Unterhaltungsmaßnahmen? Rätsel gar, kognitive Wimmelbildchen, Suchspiele? »… auch auf dieser Verpackung haben unsere Texter wieder irgendeinen Quatsch versteckt«?
Nur so lassen sich Schaubilder mit völlig wahllosen, wissenschaftlich gemeinten Linien und Kurven erklären. Nur dann kann als Serviervorschlag für Reibkäse ein vollständiger Laib abgebildet werden. Nur so erhält die Gattungsneuschöpfung »Bluccoli« ihre Daseinsberechtigung.
Vieles jedenfalls, was da auf den ersten Blick ernst genommen werden möchte, erzeugt Fragezeichen-Denkblasen über dem Kopf – und provoziert Antworten. Was will mir die Shampooflasche damit sagen, wenn sie mir den Schuppen-

rückgang völlig bizarr vorrechnet? Wieso verfalle ich vor dem Supermarkt-Kühlregal plötzlich in Einkaufsstarrre, weil der Fruchtjoghurt den hübschen Namen »Ohne Frucht« verpasst bekommen hat?
Als Inspiration zur Selbsthilfe will dieses Buch beispielhaft vorangehen, kommentieren und Blödsinn enttarnen – damit das Klarkommen inmitten all dieses Quatschs wenigstens ein kleines bisschen erträglicher, origineller und kurzweiliger wird.
»Ein Versuch über Werbequatsch« könnte der Untertitel lauten. Oder »Mindestens halbgar«. Denn so hieß das Weblog, das ursprünglich zur Zusammenstellung dieses Buchs geführt hat und aus dem einige Einsendungen von Lesern mit freundlicher Genehmigung und allerbestem Dank übernommen wurden.

(Liebe Werbeindustrie: bitte, gern geschehen!)

Die Verwendung des Wortes »kann« ist manchmal eine sehr mutig gemeinte.

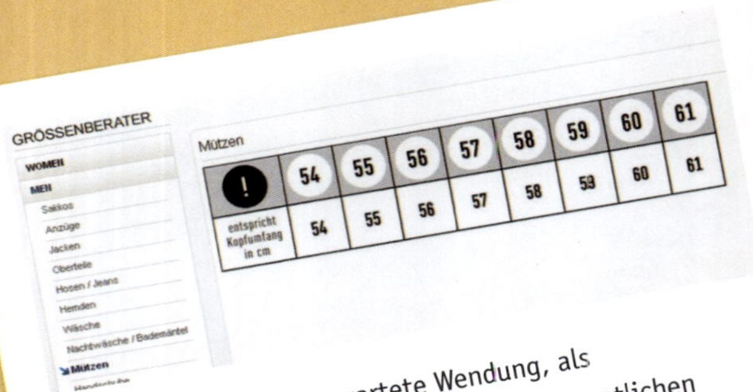

Der Tag nahm eine unerwartete Wendung, als Prof. Dr. Klüsenfeld im Rahmen seines allmonatlichen Kopfbedeckungseinkaufs seinen Kopfumfang in der Hutgrößentabelle des Herrenausstatters nicht finden konnte und dadurch gezwungen war, einen Mitarbeiter um Umrechnungshilfe zu bitten.

Schweigeminute für Packband einlegen: erledigt.

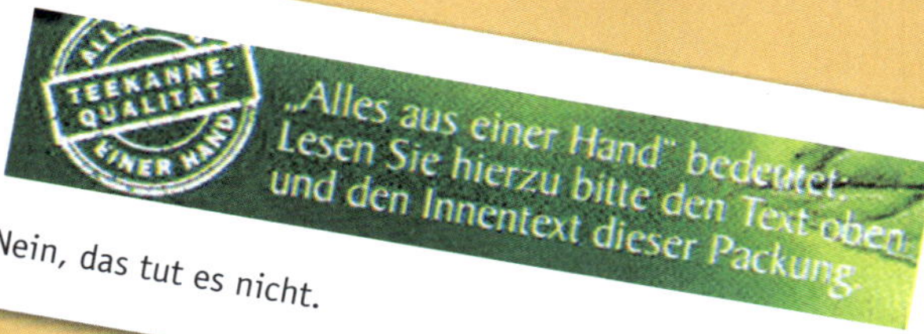

Nein, das tut es nicht.

»Du hast da Schnodder an der Nase hängen.«
»Huch …? Ah, nein, das sind nur Ringelblumen.«

Und mit der dritten Hand sprühen Sie sich das Produkt dann in die Haare.

Hartmut spürte eine große Traurigkeit in sich aufsteigen. Jahrelang hatte er mit seiner Hautkrankheit gelebt, jahrelang hatte er schwere soziale Einbußen hinnehmen müssen, jahrelang warf er der Kosmetikindustrie Geld in den Rachen – und jetzt kam auch noch ein eigenartiges Minderwertigkeitsgefühl hinzu, seit ihm amerikanische Forscher erklären wollten, dass seine 16 Pickel gar keine vollständige Akne wären.

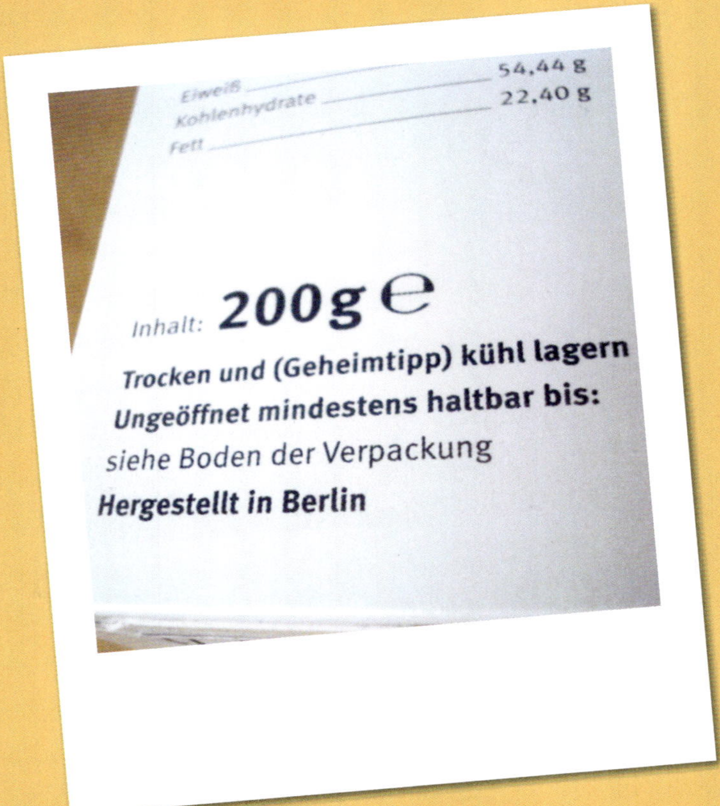

Mit Geheimtinte gedruckt. Nur sichtbar für alle, die's lesen.

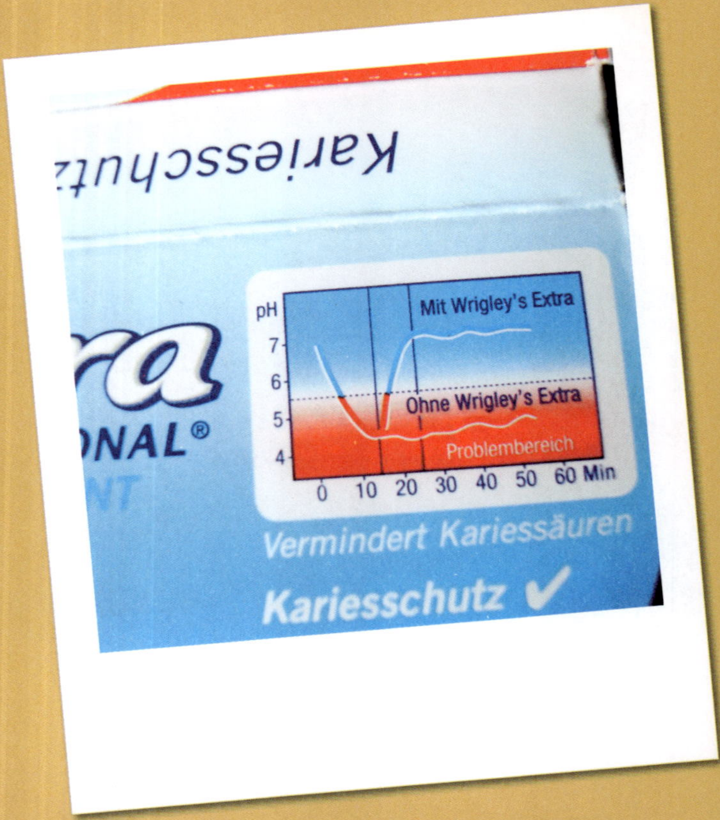

Der Bereich zwischen Minute 5 und 15 nach einer Mahlzeit wird in Kaugummi-Fachkreisen auch gern als EAEZ (»Eh-alles-egal-Zone«) bezeichnet, innerhalb der eigentlich nur Chuck Norris' pH-Wert im blauen Bereich liegt.

Jetzt gratis Schuldscheine beim Kauf von Unterwäsche.

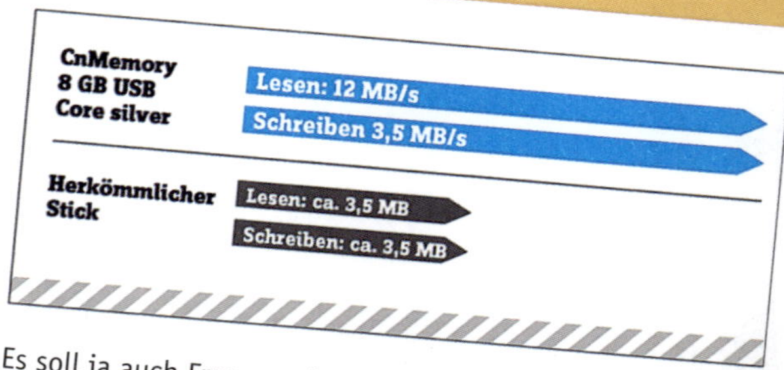

Es soll ja auch Frauen geben, die behaupten, es käme nicht auf die Größe an.

Wenn Sie mal ein Lama beim Spuckwettbewerb besiegen möchten: einfach eine Stunde lang Kaugummi kauen. Und sich vorher mit exponentiellen Wachstumsfunktionen beschäftigen

Die Western-Szene der ehemaligen DDR hatte nach dem Mauerfall ein starkes begriffliches Marketingproblem. Und leider eben auch keinen eigenen Feiertag.

Jene 26 % der Testpersonen, die ihre Haut zwar für glatter, aber nicht für faltenfreier halten, haben außerdem aus Protest gegen das Testergebnis (sowie aus dramaturgischen Gründen) die oberen 20 % der y-Achse geklaut.

Der vollständige Antikalk befindet sich nach dem Bratvorgang in Ihrer Pfanne.

Die Neuverfärbung von Zähnen *direkt* nach einer professionellen Zahnreinigung liegt bekanntlich ungefähr im 100%-Bereich.

Sonnenbrillenaktion
1/2 PREIS / Bzw.gratis
GRATIS SEHTEST

Nachdem Fachoptikermeister Warnfried L. eines Nachts bei Wikipedia die Kapitelüberschrift »Die Geschichte der Null« entdeckt und für imposant befunden hatte, plante er fürderhin, ihr – der Null – im täglichen Leben eine größere Bedeutung beizumessen. In der Neuformulierung des von Azubi Jens F. am Nachmittag geäußerten Nebensatzes »ja wie um alles in der Welt soll ich denn unser Umsonstangebot noch billiger machen?« gelang ihm auf diese Weise noch in der gleichen Nacht eine vergleichsweise pfiffige Version seines selbst gestalteten Werbeplakats, das er schon am nächsten Morgen vor seinem Geschäft platzierte. (Anfragen seitens der potenziellen Kundschaft, ob sich das Angebot nur auf Einäugige bezöge, konnte er lächelnd mit dem Hinweis »dann zahlen Sie halt zweimal nix!« abwehren.)

Im Gegensatz zu den Kollegen aus der Tabakindustrie war man in der Nagellackentfernerszene auch mit genrefremden Hinweisen bereits ein paar Stufen weiter oben auf der Weltverbesserungsabsichtsskala angekommen. Auf die branchenübliche Gegenleistung in Form eines subtil formulierten »Nikotin keinesfalls zur Lackentfernung geeignet!«-Aufdrucks auf Zigarettenpackungen wartete die Kosmetikindustrie jedoch vergeblich.

Für unsere Brötchen verwenden wir außerdem 20 % Teig, 25 % Wasser, 10 % Triebmittel und –55 % Mathematik.

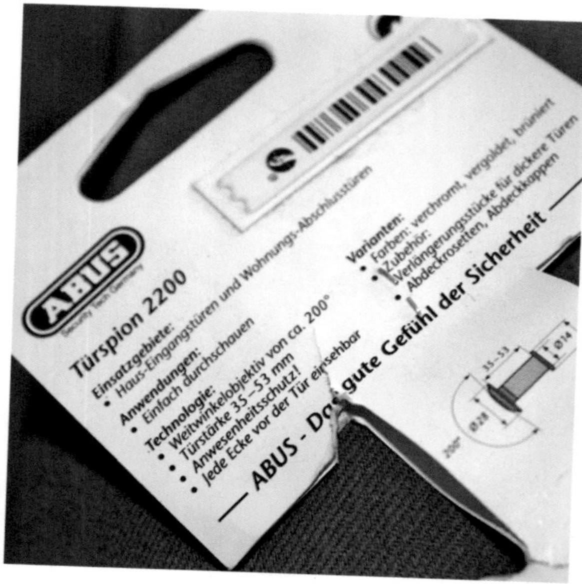

Spion Zweiundzwanzignullnull war niedergeschlagen. Nicht nur, dass er morgens an einem Gartentür-Einsatz gescheitert war, sein Chef hielt ihm dann am Nachmittag auch noch Durchschaubarkeit vor. Und auch wenn seine Frau ihn angeblich trotzdem gernhatte: Morgen würde er sich endlich eines dieser Verlängerungsstücke kaufen gehen.

Aus der Reihe »Nichtverhinderung massiver Stullizität im Produktnamen trotz feinsinnigsten Einsatzes von Anführungszeichen«.

Aus unserer unregelmäßigen Reihe »Zutatenlisten, deren Autoren beim Schreiben high waren«, heute: der sich in soundsovielter Iteration selbst eliminierende Apfelsaft.

Obligatorisch für ernährungsbewusste Sprachschüler: doppelt unilaterales Gemüse.

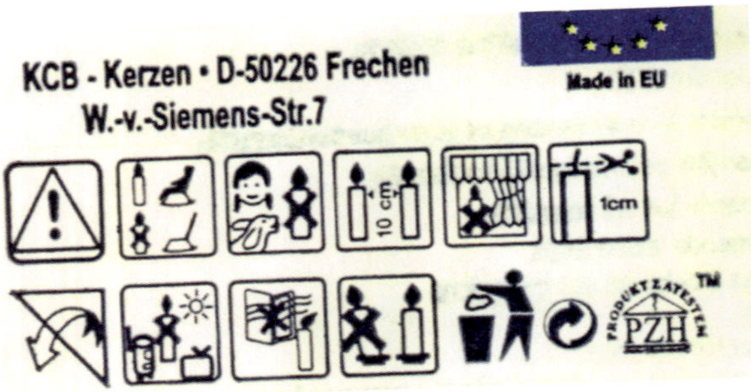

»Möbelhaus, Service-Telefon, Abteilung Kerzen, mein Name ist Anna, einen wunderschönen tollen guten Tag, wie kann ich Ihnen helfen?«

(…)

»Wie, Sie verstehen das dritte Piktogramm in der oberen Reihe nicht?«

(…)

»Das bedeutet, Sie dürfen die Kerze nicht anbellen oder anbellen lassen.«

(…)

»Na, weil sie sich sonst erschrecken könnte.«

(…)

»Ja, natürlich die Kerze. Unsere Kerzen sind emotional eher instabil. Deswegen sollen Sie sie ja schließlich auch nicht neben einem unbesetzten Schaukelstuhl aufstellen. Da würden Sie sich doch auch einsam fühlen, oder?«

(…)

»Hallo?«

Vormals ungeahnte Einsparpotenziale taten sich auf, als sowohl die Küchentuch- wie auch die Klopapierabteilung begann, ihre jeweils notorische Faulheit von nun an mit Synergie-Effekten zu überspielen. Der Jux flog leider auf, als das ausgedachte Qualitätssiegelpiktogramm versehentlich von beiden Abteilungen eingesetzt wurde.

»Im Krieg und in der Liebe ist alles erlaubt«, dachte sich Gundula angesichts der eher heftigen Preiserhöhung, und was sollte so eine Mobiltelefonvertragsverlängerung schließlich anderes sein als sowohl Krieg wie auch Liebe in Permanenz? Sie unterschrieb für zwei weitere Jahre und verabschiedete sich, wie üblich, mit gemischten Gefühlen aus dem Elektrogroßmarkt.

Klares Indiz dafür, dass wir es hier mit einem britischen Produkt zu tun haben: nein, nicht die englischsprachigen Begriffe. Sondern: Das Symbol für »draußen« sind Regenwolken, und die Häuser sind so gebaut, dass sie garantiert komplett unbewohnbar sind.

Diese uralte Zote mit den »Frauen, die gesagt bekommen haben, dass ›das hier‹ 20 Zentimeter wären«? Genau – die gibt's jetzt auch in der Variante mit Zeitspannen!

»Ich hätte gern etwas gegen Zitronenmelisse.«
»Da würde ich Ihnen diese Bonbons mit Husten empfehlen!«

Vom Texter dieser Dose stammt übrigens auch die bekannte Redewendung »das große Farblos gezogen haben«.

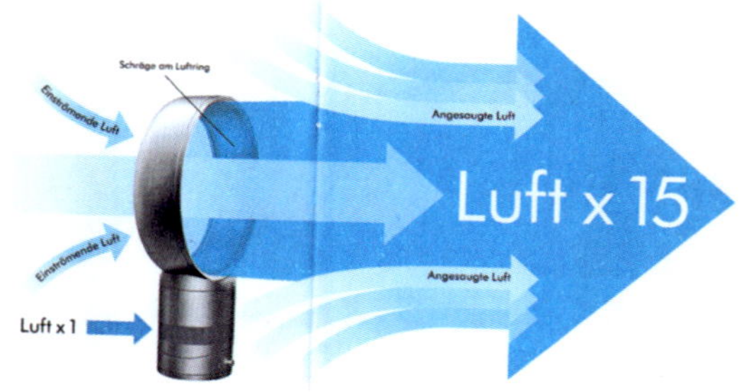

Es gibt Menschen, die behaupten, Werbung würde nur aus heißer Luft bestehen.
Diese Menschen haben 15-fach recht.

Der Unterschied zwischen »im Preis enthalten« und »zuzüglich 0 Euro« besteht im Hochziehen entweder der rechten oder der linken Augenbraue während des Bestellvorgangs. Genauer sagen lässt sich das aber leider nur mit der facial recognition software.

Niemand aus der Abteilung hatte den Mut, Key Design Vice Senior Steffen zu verraten, dass dessen schematisch gemeinte Darstellung zweier Haare im Querschnitt auch auf den vierten Blick weder optisch noch semantisch als solche zu erkennen war.

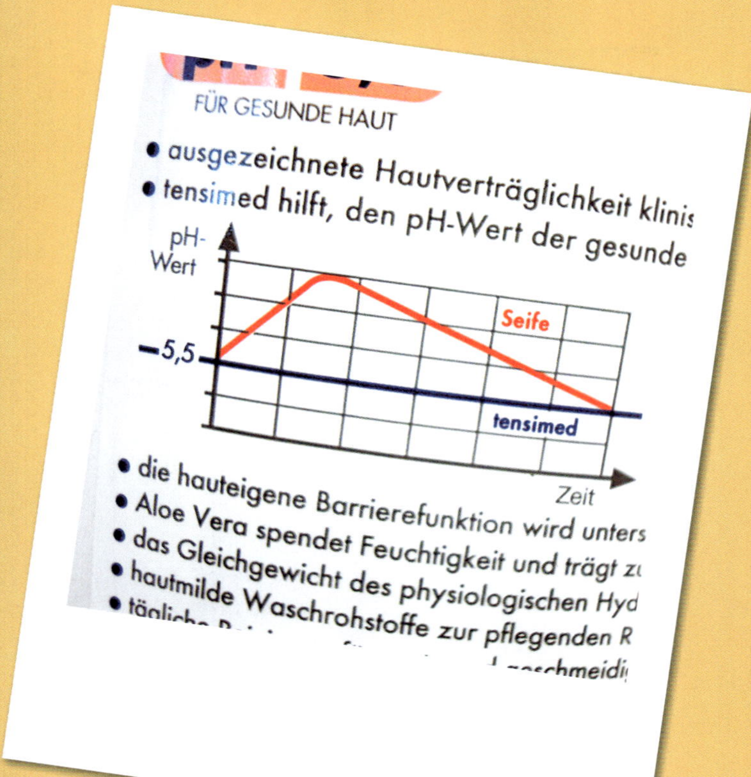

Zugegeben: Wenn Sie Seife nur lang genug verwenden, ist sie auch mindestens so gut wie unser Produkt.

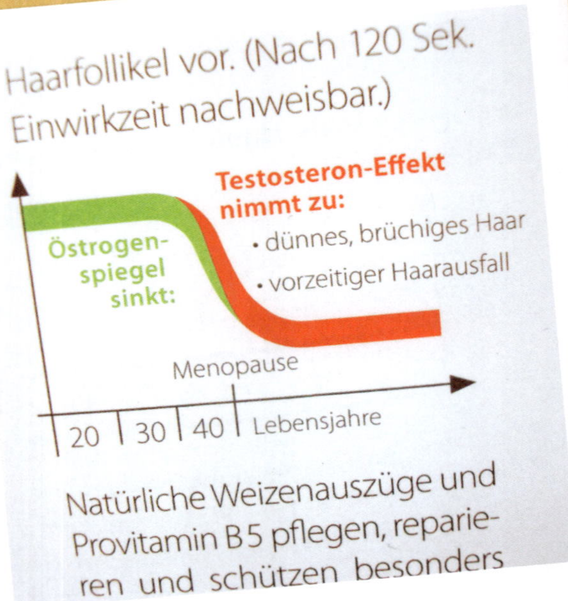

Durchaus praktisch: Ab ca. Ende Vierzig – dem Punkt, ab dem man Lebensjahre nur noch mit dem generischen Begriff »Lebensjahre« zählt und nicht mehr in konkreten Zahlen ausdrückt – geht der Haarausfall gleichzeitig mit dem Östrogenspiegel zurück.

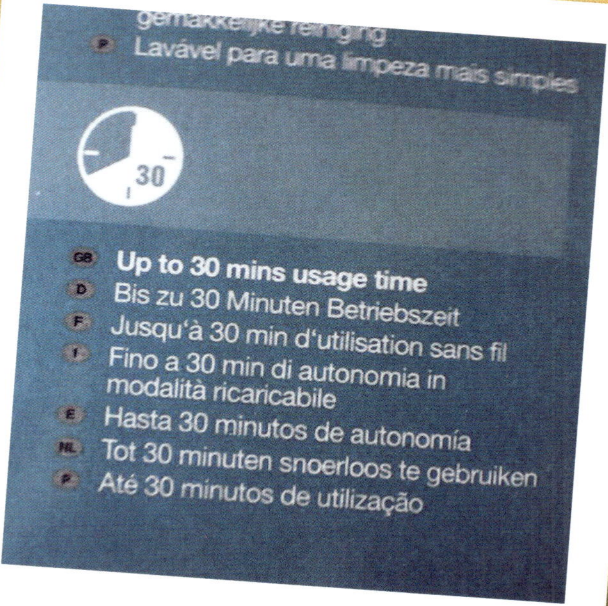

Die sogenannte akademische Dreiviertelstunde.

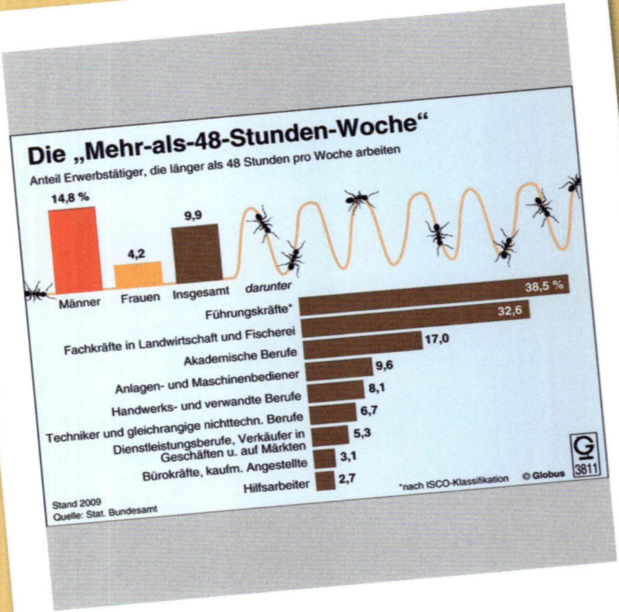

Der Mensch ist ein politisches Tier, behauptete Aristoteles. Der Mensch ist offenbar auch Ameise, die sich (werktags) gelangweilt als Illustration in völlig ameisenthemenfremden Diagrammen herumtreibt, um abzulenken von der fehlenden Brisanz der dargestellten Ergebnisse. Behaupte ich.

Die Dominanz Googles gegenüber Microsoft: Bei vier von vier Häusern gehört Google immer das Hauptgebäude, Microsoft aber nur der Schornstein.

Wirkt gegen übel riechende Wäsche, Köche, Besteck und fußkranke Menschen.

In allen anderen Regionen dieser Erde werfen Sie Ihren Dreck bitte einfach dort weg, wo's Ihnen passt.

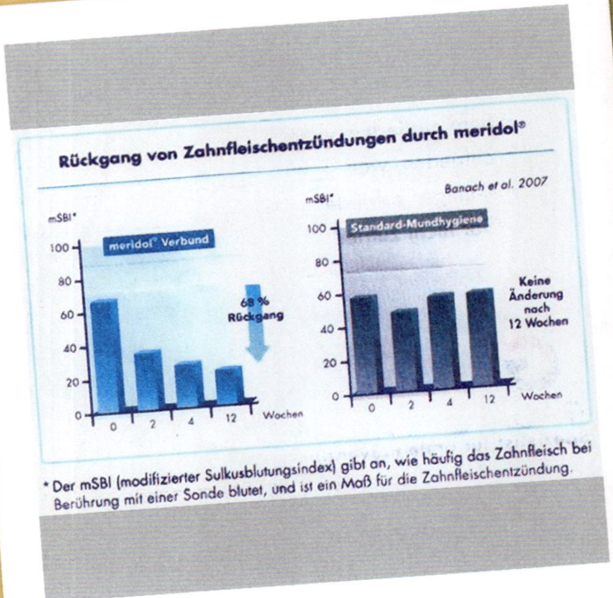

Die eigentliche Aussage dieses Schaubilds ist eher subtil und wird daher hiermit nochmals in aller Deutlichkeit erklärt: Benutzer dieser Zahncreme haben zu Beginn des Testzeitraums signifikant mehr Zahnfleischentzündungen als Menschen mit einer Standard-Mundhygiene.

Neu: der Käselaib-Modellier-Bausatz.

(Nächste Woche im Angebot: Schweineschnitzel, Serviervorschlag Hausschwein.)

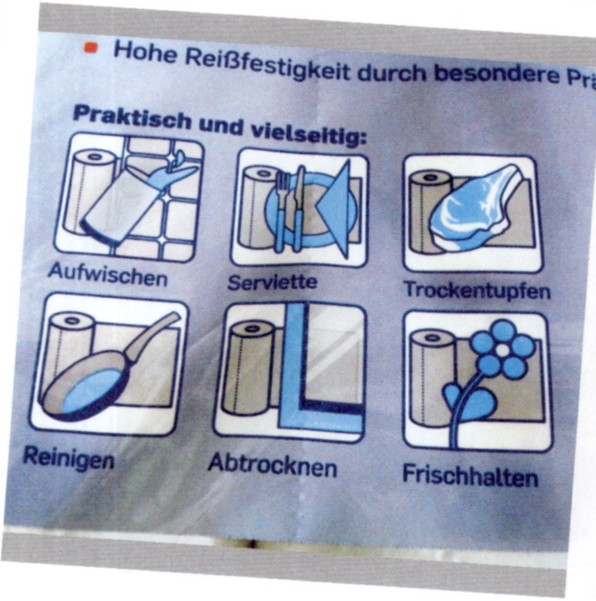

Von Verpackungsdesignern sehnlich erwartet: der Einzug des Begriffs »servietten« in den Verb-Raum. Kleinere sprachlich-logische Unstimmigkeitshürdenstolpereien sind bis dahin leider unvermeidbar.

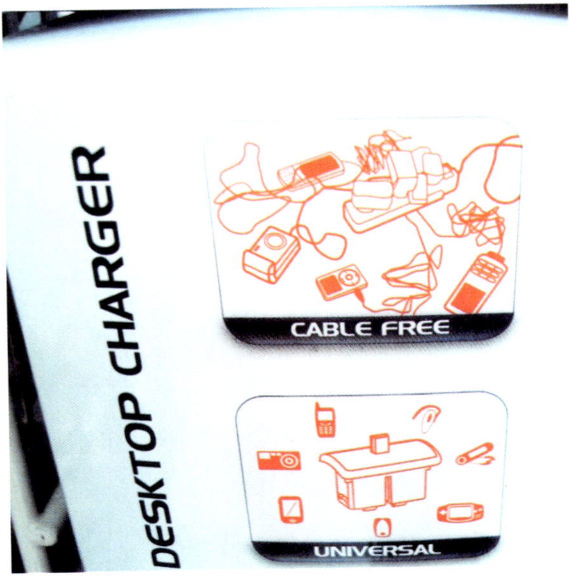

Der Begriff »kabellos« entstammt übrigens dem gleichen Utopiemythos wie der des »papierlosen Büros«.

Rasenmäher-Alleinstellungsmerkmal Rückwärtsgang.

Utopien verunglückter Zeiten.

Nach neuesten wissenschaftlichen Erkenntnissen erfolgt die Fortpflanzung bei Ameisen nicht mehr auf die bisher angenommene Art, sondern über ein kompliziertes, nach 70-er Jahre SciFi aussehendes System, bei dem ein bunkerähnliches Plastik-Gebilde sowie rote Lackfarbe und lustige Pfeile eine Rolle spielen: Nachdem die Ameise in den als Solarium getarnten Ameisenmultiplikator gelockt wurde, hat sie nur noch kurze Zeit mit einem intensiven Sonnenbrand zu leben, bevor kurz vor ihrem altruistischen Tod zwei neue Ameisen aus ihr entstehen.

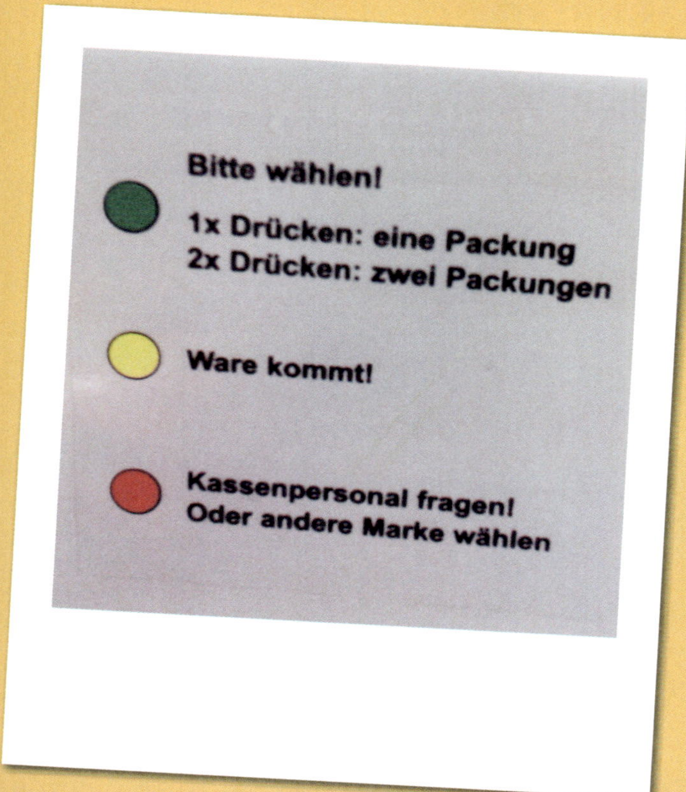

Falls Sie drei Packungen Zigaretten erwerben möchten, benutzen Sie bitte wahlweise die Kombination des dreimaligen Einfachverkaufs oder des einmaligen Einfach- und einmaligen Zweifachverkaufs. Gerne helfen Ihnen auch unsere mathematisch geschulten Fachverkäufer weiter.

Leicht auszuwaschen selbstverständlich nur mit Nichtwasser.

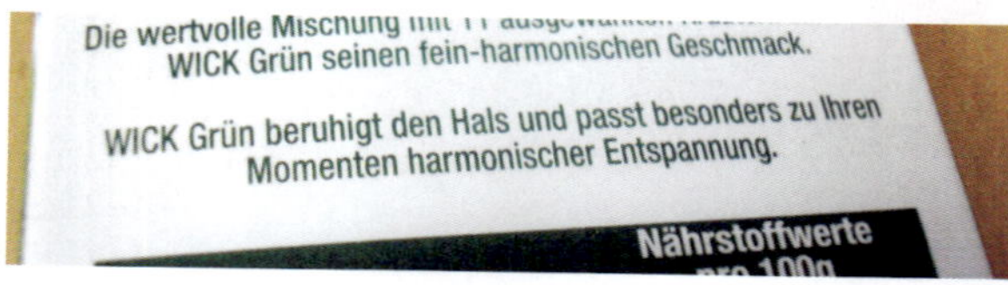

Die »Momente harmonischer Entspannung« wurden zu meiner Zeit ja noch mit »kann bei übermäßigem Verzehr abführend wirken« umschrieben.

»Guten Tag, ich hätte gern etwas gegen Reizhusten mit Bröckchen-Auswurf.«

»Oh, tut mir leid, da haben wir nichts.«

Von den drei Zutaten erschließen sich mir immerhin zwei relativ schnell.
Und die dritte ist nicht das Pflanzenöl.

Wenn das Ding wenigstens noch portabel tragbar wäre, würde ich einen Kauf in Erwägung ziehen.

Vor allem bei frischverliebten Paaren gestaltete sich die Wandfarbfrage immer wieder als mittelgroße Herausforderung: So selten sich der männliche Teil sein Arbeitszimmer mit »Zärtlichkeit« ausmalen lassen wollte, so groß war die Abneigung der Partnerin gegenüber »Coolness« im Schlafzimmer. Um größerer Verwirrung beim späteren Farbnachkauf aus dem Weg zu gehen, entschied man sich herstellerseits trotz eher verhaltenen Kundenfeedbacks zwar für die Beibehaltung der einmal eingeführten Nomenklatur, legte aber fortan jedem Eimer Farbe Übersetzungstabellen bei.

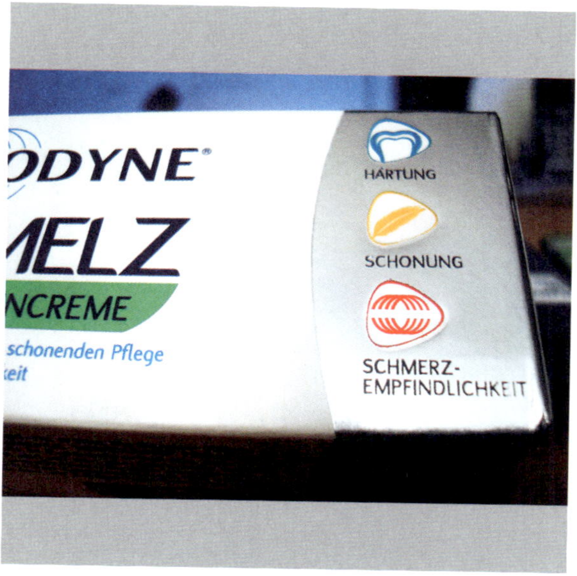

Nach jahrelangen Tests in Dentallabors konnten im Jahr 2011 endlich die drei zentralen Feinde der Zahngesundheit identifiziert werden: Weichheit, Belastbarkeit und Schmerzunempfindlichkeit.

AKTIONS-PREIS
AKTIONS-PREIS
AKTIONS-PREIS
AKTIONS-PREIS
AKTIONS-PREIS
AKTIONS-PREIS
AKTIONS-PREIS
NEU

»Erst wenn die letzte Tütensuppe markiert ist, erst wenn auch das letzte Aktionsschild verbaut ist und wenn der letzte Kunde auf der Suche nach dem Normalpreis an den Rand der Verzweiflung geschubst wurde, werdet ihr merken, dass ihr die Bratensauce im unteren Regalfach zu markieren vergessen habt.«

Altes indianisches Einzelhandelssprichwort.

Und ich hatte mich schon gewundert, wieso das mit der Axt so schwierig ist.

»Guten Tag, ich hätte gern 60 Chicken-Nuggets.«
»Gerne. Also drei 20er, ja?« 19,98
»Hmm, nein, bitte lieber fünf 12er.« 18,30 Super

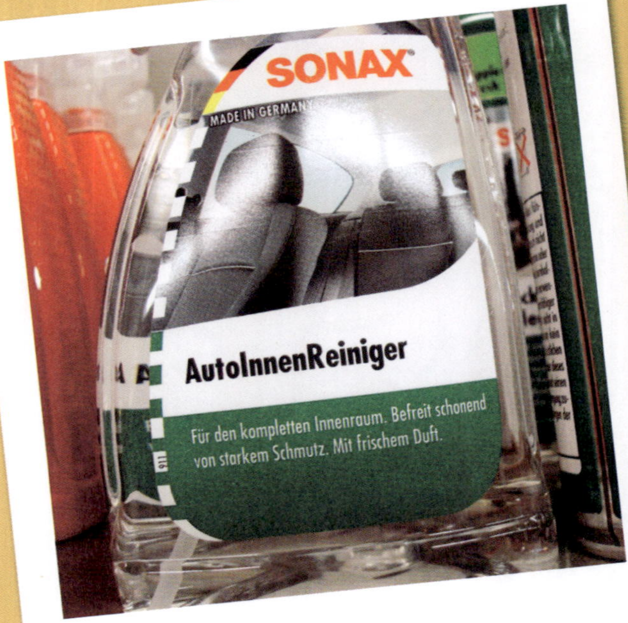

Endlich: Reiniger für gender-unentschlossene Personenkraftfahrzeuge.

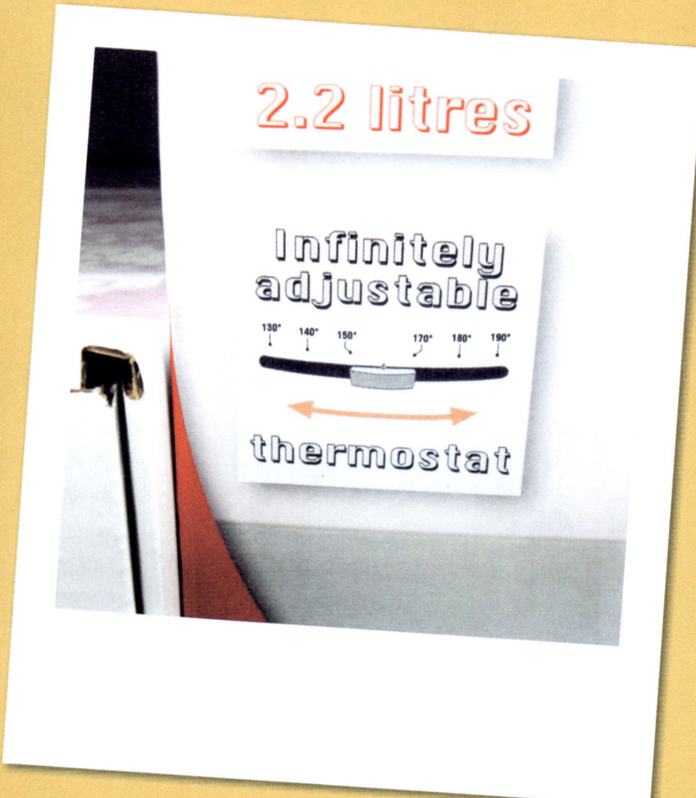

Sie können die Temperatur aus immerhin sechs verschiedenen Stufen zwischen 130° und 190° auswählen. Das aber wenigstens immer wieder, so unendlich oft Sie möchten!

Der Stracciatella (Schoknubbelus Eisikus) ist eine weithin bekannte Art aus der Gattung der Schokobälle in der Familie der Speiseeiszusatzstoffe (Smartiae). Er ist eine wirtschaftlich sehr bedeutende, aber nur saisonweise zu erntende Fruchtart. Die Frucht des Stracciatellastrauchs wird Stracciatellus genannt. Schokobälle werden sowohl als Nahrungsmittel im Fruchtanbau als auch zur Zierde für Gebäckwaren angepflanzt. Als die Frucht schlechthin symbolisieren der Schokoball und der Stracciatellastrauch die Themenfelder Liebeskummer, Frühling, Diätpotenzial und Kakaonerdismus. Außerdem wird ihnen im westlichen Kulturkreis eine positive Wirkung als Heilmittel vor allem im psychischen Bereich zugeschrieben.

Vor erwünschten Krankheiten können Sie sich damit leider nicht schützen, aber vermutlich wollen Sie das ja auch gar nicht.

Der *Geruch des Aromas* – also gewissermaßen die zweite Ableitung der Frischluft, respektive: der »Meta-Geruch« – wird im Volksmund gemeinhin als »Gestank« bezeichnet. Aus naheliegenden Gründen kann das auf einer Verpackung so nicht formuliert werden.

Warenwirtschaftssysteme in der Produktkategoriehölle.

Für die restlichen 11 Liter verwenden Sie bitte Becher, Krüge, Löffel oder Tassen.

Ab dem 1.4. kosten Geschenke dann – wie üblich – wieder etwas.

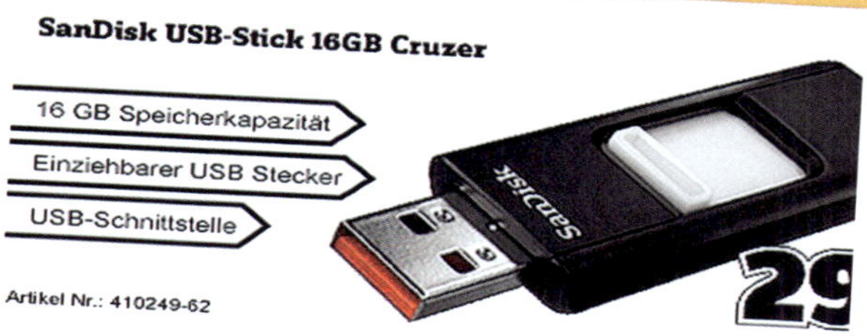

Zu Anfang des Jahres entwickelte sich die Endlichkeit von Produktmerkmalen zu einem ernst zu nehmenden Problem im Marketingbereich.

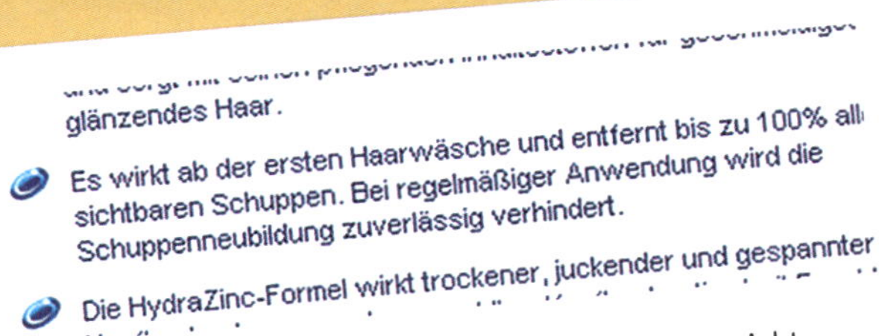

Die Formulierung »höchstens alle« klang einfach nicht pfiffig genug.

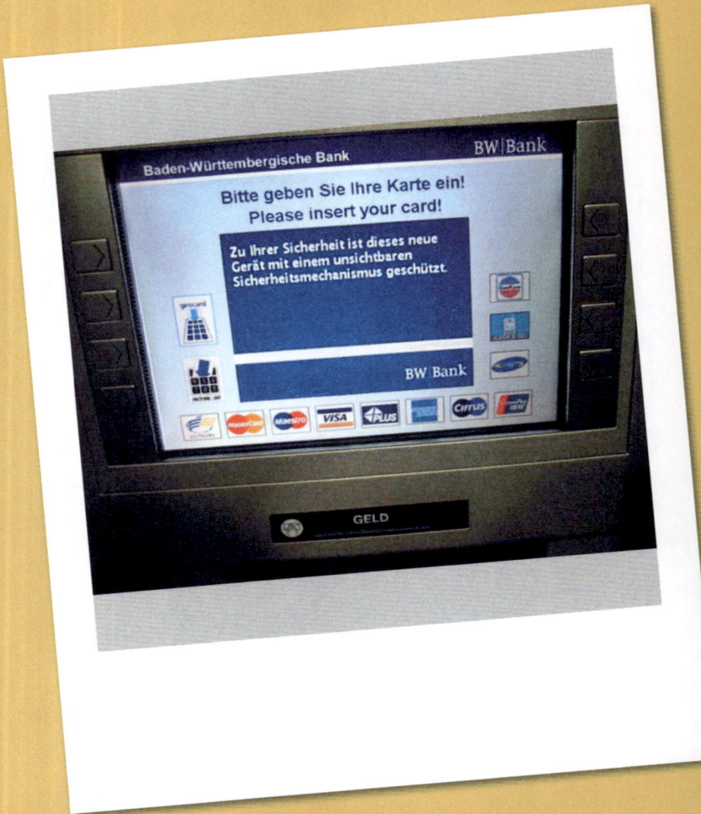

Neben unseren alten Geräten postieren wir weiterhin sichtbare Sicherheitsbeamte.

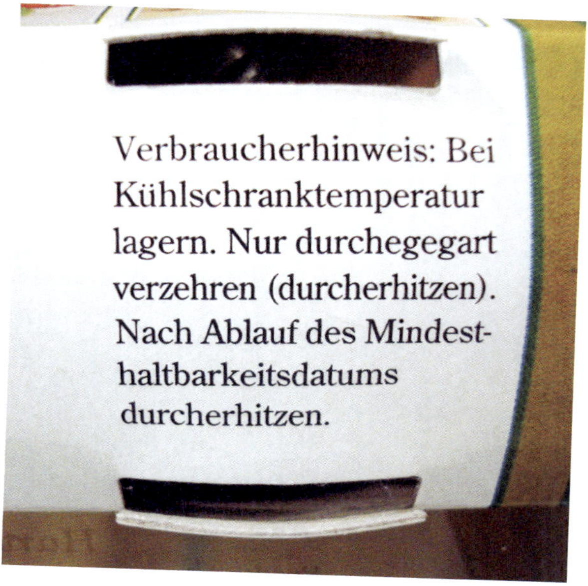

Wenn Sie das Produkt exakt an dem Tag des Mindesthaltbarkeitsdatums verzehren möchten, können Sie eventuell, ausnahmsweise, vielleicht auf eine ordentliche Durcherhitzung verzichten. Aber nur dann!

Endlich aufgedeckt: die etymologischen Hintergründe des Spruchs »ich geh mal kurz für Königstiger«.

In Ordnung – vielleicht nicht für ALLE Gäste. Aber irgendwas ist ja immer.

Es ist aber auch schwierig: Die einen wollen bio, die anderen vegetarisch, die Dritten wollen billig und die Vierten möglichst bescheuert umworben werden. Und dann kommt da ein Produkt daher, das es hinbekommt, alle vier Anforderungen auf einmal zu erfüllen. Und aber auch alle vier Zielgruppen auf einmal zu vergraulen. Und die Schriftästheten noch dazu. (Dabei wäre es so einfach gewesen: Man hätte nur »Gemüse« in Anführungszeichen setzen müssen.)

»Abbildung ähnlich.«

Sternzeichen Sitzecke, Aszendent Baumarkt – Ihr Horoskop für kommende Woche.

Sie fühlen sich eigenschaftslos? All Ihre Attribute sind gerade so, als würden sie sich gegenseitig rauskürzen? Verkaufen Sie sich nicht unter Wert! Vielleicht sollten Sie jetzt einfach mal alle Kurven gerade sein lassen – Sie wissen ja, das Runde muss ans Eckige. Dann funktionierts auch mit ohne Funktionsvielfalt.

Der semantische Unterschied zwischen »zum Beispiel« und, zum Beispiel, »circa« oder »ungefähr« verhält sich ungefähr wie derjenige zwischen Lottozahlenziehung und Wettervorhersage.

Licht funktioniert nur mit zweifachem Licht-Input. Leuchtet dann aber super.

… und trinken kann man es auch noch! Sogar ohne Hände.

Gewicht

Das minimale Flächengewicht einer Postkarte hat die Stärke einer klassischen Postkarte. Das maximale Flächengewicht einer Postkarte hat die Stärke einer klassischen Pommesschale.

Typische Größen, für die *Maßverkörperungen* (DIN 1319, zit. nach Wikipedia: »Gerät, das einen oder mehrere feste Werte einer Größe darstellt oder liefert«) verwendet werden, sind: Masse, Raummaß, Länge, Winkel, Flächenmaß sowie die elektrischen Größen Spannung und Widerstand. Zu den typischen Geräten, die Maßverkörperungen darstellen (um, zit. nach Wikipedia, »als Prototyp die Einheit einer physikalischen Größe zu definieren«), zählen beispielsweise (…) Pommesschalen.

A horse is a horse, of course, of course.

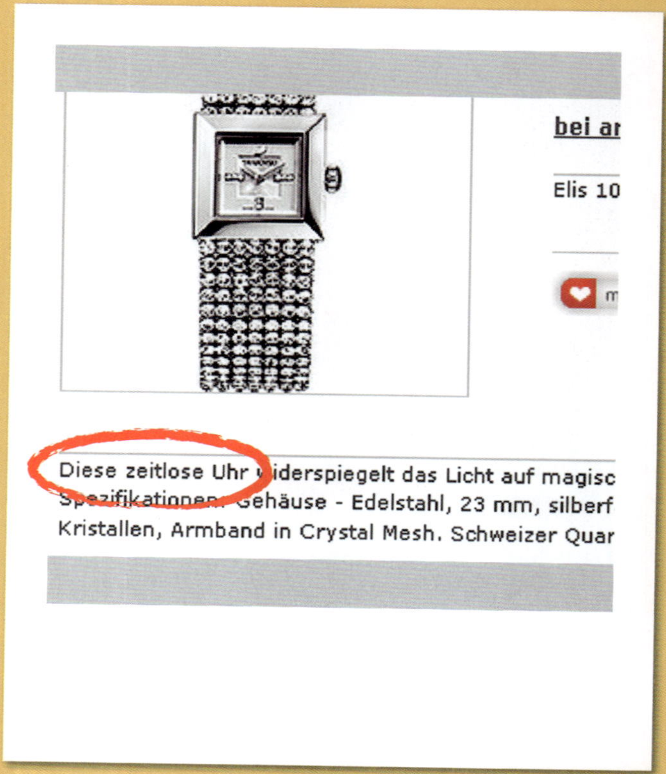

»Entschuldigung. Können Sie mir sagen, wie viel Uhr es ist?«
»Nein, ich habe leider gerade gar keine Zeit.«

Auch an Stehtischen gibt es die Möglichkeit des Einen-sitzenhabens.

www.sustainable-cleaning.com
1L=2L

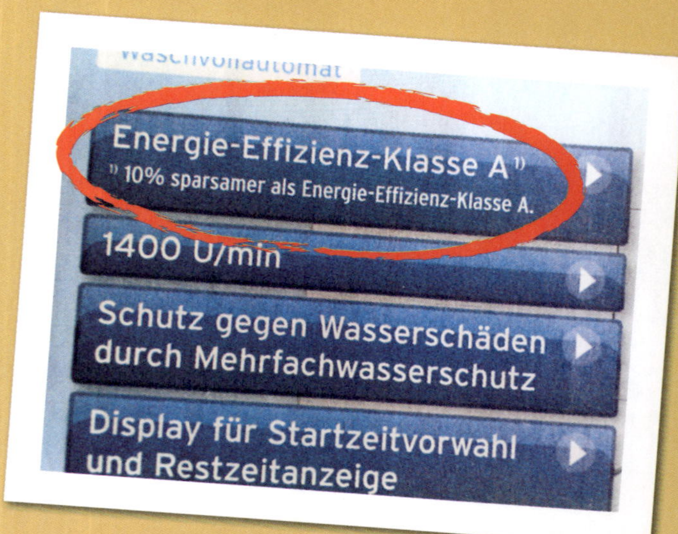
Energie-Effizienz-Klasse A 1)
1) 10% sparsamer als Energie-Effizienz-Klasse A.
1400 U/min
Schutz gegen Wasserschäden durch Mehrfachwasserschutz
Display für Startzeitvorwahl und Restzeitanzeige

Das Jahr 2009 ging in die Geschichte ein vor allem aufgrund der Entdeckung eines rechnerischen Kniffs aus dem Bereich der sog. kreativen Mathematik, der später unter dem Namen »reinigungsindustrielles Axiom« seinen Weg in die Schulbücher finden sollte. Er sorgte fortan durch simple rekursive Fehlinduktion für geradezu bahnbrechendes Lösungspotenzial aller Energieprobleme weltweit.

Im Bild dargestellt: eine der eher umständlichen Arten, den Sachverhalt »in der ersten Aprilwoche geschlossen« auszudrücken.

Kamera

Megapixel	5 Megapixel	5 Megapixel
Bildauflösung	2.584 x 1.938 Pixel	1600 x 1200 Pixel

Qualitätsoffensive bei Smartphones: Während beim links in der Tabelle erwähnten Modell noch fünf herkömmliche Megapixel eingesetzt wurden, sind im rechts aufgelisteten Gerät bereits die neuen Megapixel zur Anwendung gekommen, bei denen jeder einzelne Pixel rund 250 % der Größe eines herkömmlichen Pixels hat. Das damit aufgenommene Bild ist deswegen noch viel mehr Mathe-Abwähler-geeignet.

Der Augenblick, als es dem Texter des Anzeigenblättchens kurz vor Druckschluss doch noch notwendig erschien, als weiteres Artikelmerkmal neben der »farblichen Sortierung« der Kissenhüllen auch noch auf die Existenz verschiedener, also geradezu mehrerer Farben hinzuweisen – dieser Augenblick muss sich vermutlich so angefühlt haben wie der Sieg über einen besonders komplizierten Level-Endgegner in einem Egoshooter. Mit Regenbögen. Und Einhörnern. Und lustigen sprechenden Pilzen.

… denn die 5 Euro für die Buben schreiben wir in Hellblau gut, die für die Mädels in Rosa.

Die fünf Zeichen der Zeit bei Kindern bis sechs Jahren sind bekanntlich: Unpünktlichkeit, Spieltrieb, Kindergartendooffinden, Schokolade und Rumrennen.

»Eine Ware scheint auf den ersten Blick ein selbstverständliches, triviales Ding. Ihre Analyse ergibt, dass sie ein sehr vertracktes Ding ist, voll metaphysischer Spitzfindigkeit und theologischer Mucken (...)«

Karl Marx – *Das Kapital* (»Der Fetischcharakter der Ware und sein Geheimnis«)

Körperwaage für leicht durchschaubare Vorhaben.

Zusatzkosten pro Person
(vor Ort zu zahlen)

- 30-Tage-Einreisevisum für deutsche Staatsbürger
  ca. USD 25,- (ca. € 19,-)
- Flughafenservicegebühr
  ca. 30.000 Rupiah (ca. € 3,-)
- Ausreisegebühr
  ca. 150.000 Rupiah (ca. € 10,-)

Nicht nur die plötzliche Abschaffung der Dreisatzrechnung führte zu Verwirrung bei zahlreichen Kunden, sondern vielmehr die gleichzeitige Einführung logarithmischer Devisenkurs-Umrechnungstabellen.

Ihren Bart werden Sie damit jetzt zwar nicht mehr los, aber dafür können Sie morgens vor dem Spiegel im Bad lustige »Sausss!«-Geräusche machen.

Im trockenen Zustand hingegen bröselt Ihnen das Zeug jetzt unter den Händen weg, schneller als Sie »Wisch und Weg« sagen können. Aber irgendeinen Tod muss man als Hausfrau eben sterben.

ADAC
Autodiagnose
AutoDiagnose Digital (ADD)

»ADAC-Hotline, guten Tag!«

»…«

»Was verstehen Sie denn an ›digital‹ nicht?«

»…«

»Na, digital heißt doch bekanntlich ›Nullen und Einsen‹. Wir checken also Ihr Fahrzeug durch, und Sie erhalten von uns ein Zertifikat ›geht‹ oder ›geht nicht‹.«

»…«

»Nö, wir finden das keineswegs albern. Außerdem gefällt uns die Abkürzung ADD so gut.«

»…«

»Hallo?«

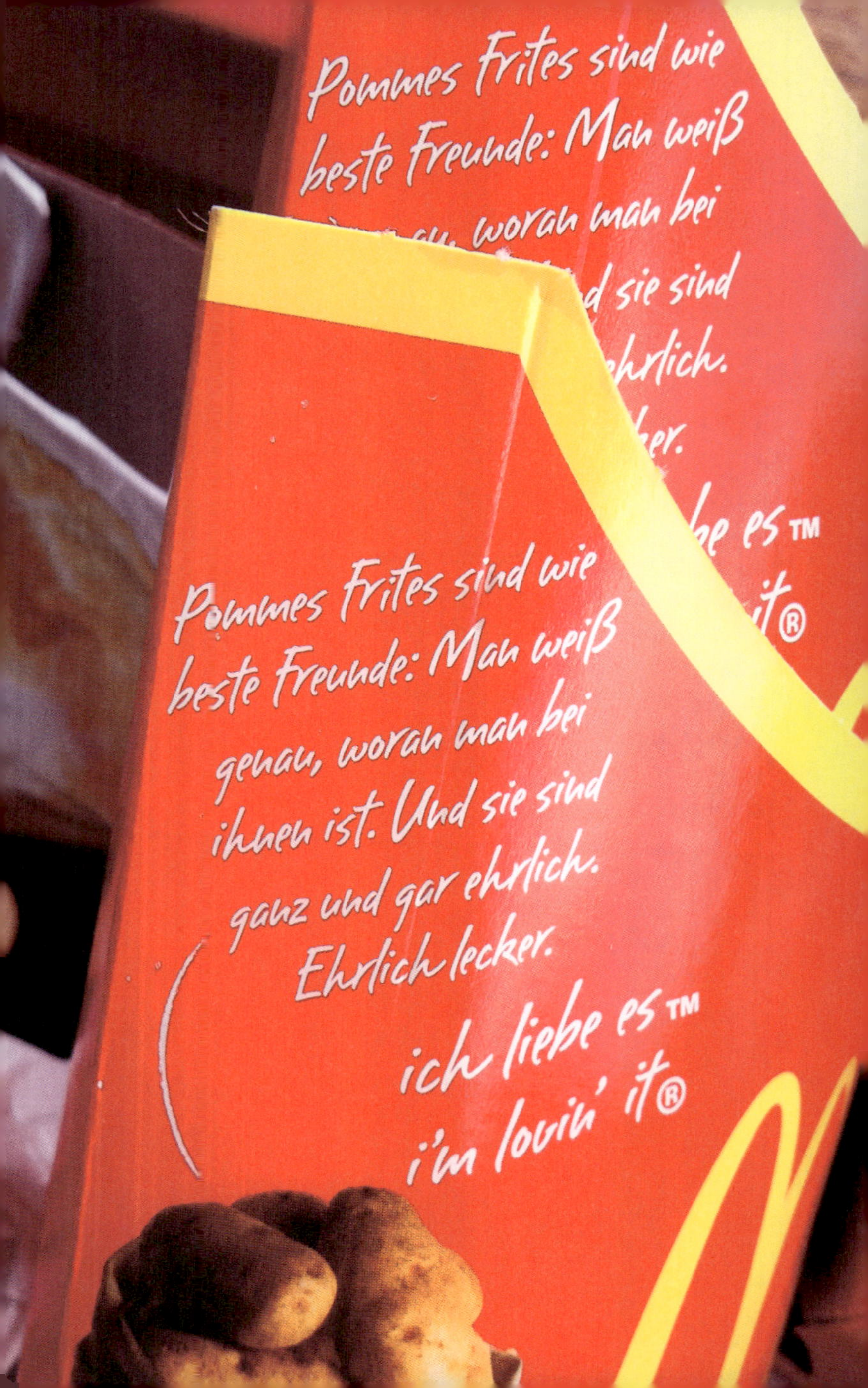

Pommes Frites sind wie
beste Freunde: Man weiß
woran man bei
Pommes Frites sind wie
beste Freunde: Man weiß
genau, woran man bei
ihnen ist. Und sie sind
ganz und gar ehrlich.
Ehrlich lecker.
ich liebe es™
i'm lovin' it®

Liebe Imbissbude:
Ihr habt »isst« falsch geschrieben.

Nur in Tomatensauce wäre zu konventionell.

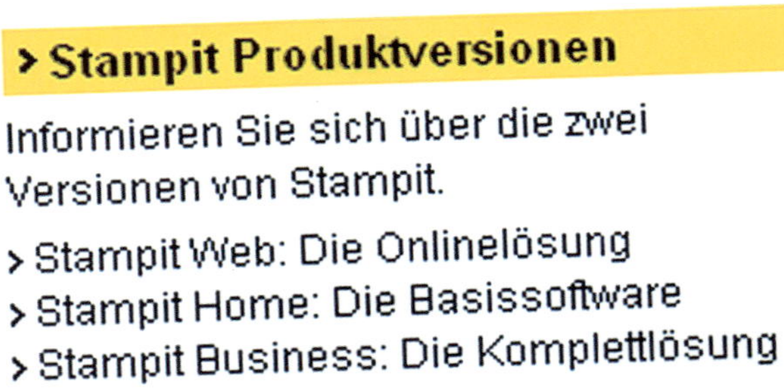

Über die dritte Version informieren Sie sich bitte nicht.

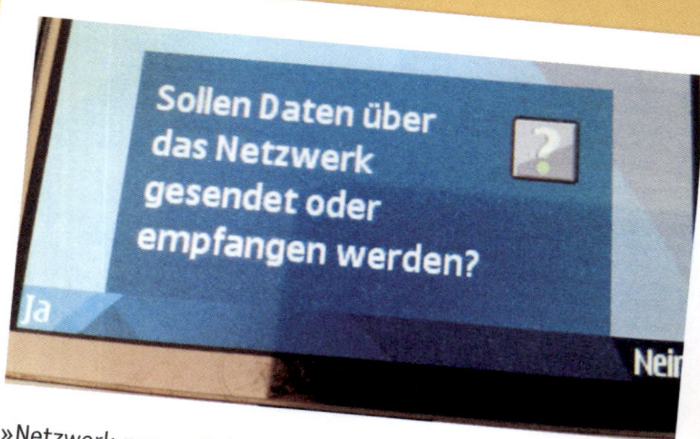

»Netzwerk nur zu Dekorationszwecken einrichten? (ja/nein)«

Neulich in der Shampoo-Entwicklungsabteilung.
»So, Chef, sollen wir diesmal wieder diese scheißteuren Delay-Partikel reinmischen, damit das neue Shampoo erst ab dem sechsten Mal zu wirken beginnt, und den Leuten erklären, das gehöre so?«
»Nein, zu teuer. Lasst's, wie es ist, und verkauft's irgendwie als Feature. ›Funktioniert bei Benutzung‹ oder so was in der Art.«

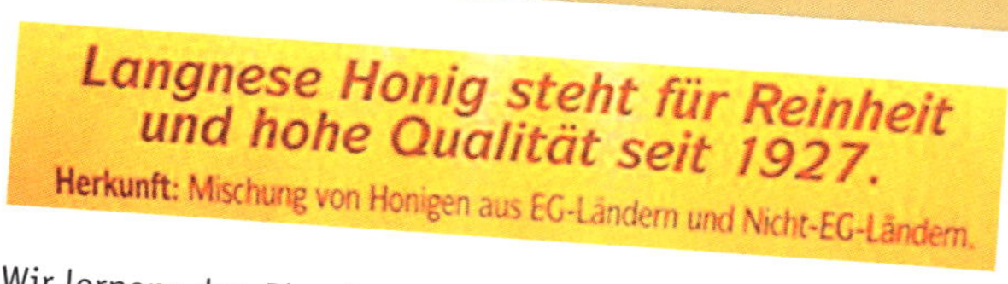

Wir lernen: den Plural von Honig einerseits und eine originelle, ja geradezu pfiffige Alternativformulierung für »aus irgendwelchen Honigen«.

Falls mich jemand sucht, ich bin entweder draußen oder drinnen.

»Guten Tag, ich hätte gern 9 Schalterdosen.«
»Nehmen Sie doch 10, das ist günstiger!?«
»Ich benötige aber doch nur 9. Passen Sie auf:
Ich bezahle 10 und nehme einfach Ihr Geschenk nicht an?«
»Sie sind aber ganz schön unhöflich.«

Während sich Text-Azubi Jens F. noch mit PR-Praktikantin Martina J. darüber stritt, ob Staub überhaupt zur Gruppe der abzählbaren Haushaltsartefakte gehörte, gab die Geschäftsleitung bereits hinterrücks eine eigene Formulierung für den Packungsaufdruck der neuen Staubtuchgeneration in Auftrag.

»Das Make-Up kommt auch nach dem Waschen ganz bestimmt nicht mehr wieder.«

Hier finden Sie kompetente Antworten zu Brief / Postkarte International.

Brief International

⌄Was ist der Unterschied zwischen einer Briefsendung National und einer Briefsendung International?

Man spricht von einer internationalen Briefsendung, wenn Sie Ihre Briefsendung an eine Empfängeradresse außerhalb Deutschlands senden. Hat Ihr Brief eine Empfängeradresse innerhalb Deutschlands, so handelt es sich um einen nationalen Brief.

Die Post erklärt die Welt.
Zuerst den innerdeutschen und dann den außerdeutschen Teil.

»Eine Packung weiße Black Donuts, bitte.«

»Was für Charaktereigenschaften sollte Ihr Traumpartner haben?«

»Er sollte ehrlich sein, treu, humorvoll … und vor allem aufgeschlossen!«

»Vielen Dank, Frau Sojaeiweiß!«

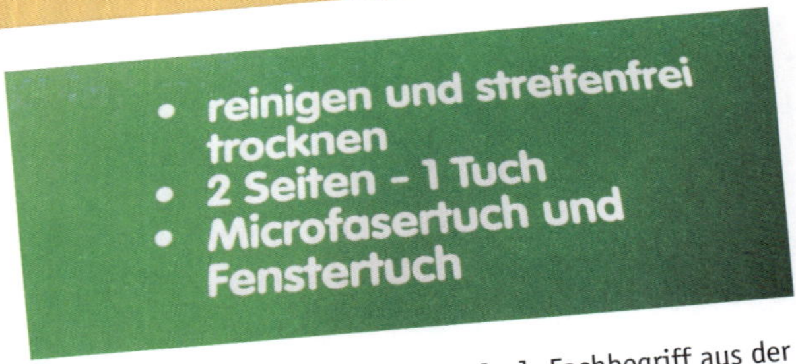

Selbstversicherndes Verhalten, das [n.]: Fachbegriff aus der Billigdrogerieszene.
Das selbstversichernde Verhalten ist der Kaufimpuls, der genau dann eintritt, wenn die Hausfrau vor dem Regal mit mehreren Exemplaren einer Produktgattung steht und ihr dabei das Produkt mit der offensichtlichsten, naheliegendsten und am einfachsten nachprüfbaren Artikelbeschreibung ins Auge fällt, das durch sog. offensive Normalität besticht und deswegen gekauft werden soll.

Wenn Sie eine Party zubereiten möchten, achten Sie bitte darauf, nicht zu viel Fett zu verwenden.

Was Oma noch wusste: Bei falscher Lagerung von Käse kann durch Gärung Luft entstehen, die unter Umständen auch die umliegenden Discountpreise aufbläht.

»Cheeef?«

»Was?«

»Blumenkohl & Broccoli ist zu lang für unser Warenwirtschaftssystem. Der Computer behauptet, das würde nicht auf den Verpackungsaufkleber passen.«

»Hmmmm.«

»Sollen wir was anderes schreiben?«

»Was schlagen Sie vor?«

»Na vielleicht Bromenkohl?«

»Gekauft.«

Die folgende Frage richtet sich nur an Frauen:

Sind Sie schwanger? ○ Ja ○ Nein

Nachdem die Mehrzahl der Hotline-Mitarbeiter fortwährend von hilflosen (männlichen) Anrufern berichtete, die an der angeblich unklar formulierten Anmeldeprozedur scheiterten, entschied sich die Geschäftsführung dazu – auch auf die Gefahr hin, sich in genderneurotischen Kreisen unbeliebt zu machen –, einen klärenden Einleitungssatz über die entsprechenden Stellen des Formulars setzen zu lassen.

Die inhaltliche Übertragung des im Bild beschriebenen Anwendungsbereichs von Hund auf Mensch, respektive die Erkennung anatomischer Grundbegriffe, wird dem Käufer zur Übung überlassen.

Das Killerfeature der Reinigungsmittelszene wirbelte bei seiner Vorstellung ordentlich Staub auf bzw. eben gerade nicht.

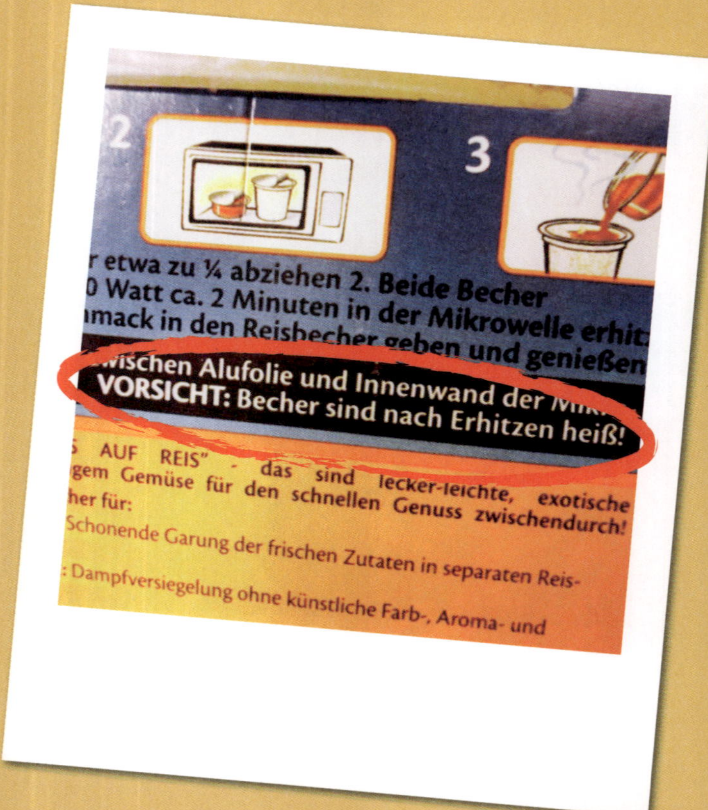

Aus der Reihe »Gut zu wissen!«.

Für Haushalte mit zwei Badezimmern.

Wichtig: Kontrollieren Sie die Zeit bitte ausdrücklich nicht mit einem Taschenmesser, einem Zitronenkuchen oder einem Abzählreim. Uhren jeglichster Art gehen jedoch in Ordnung.

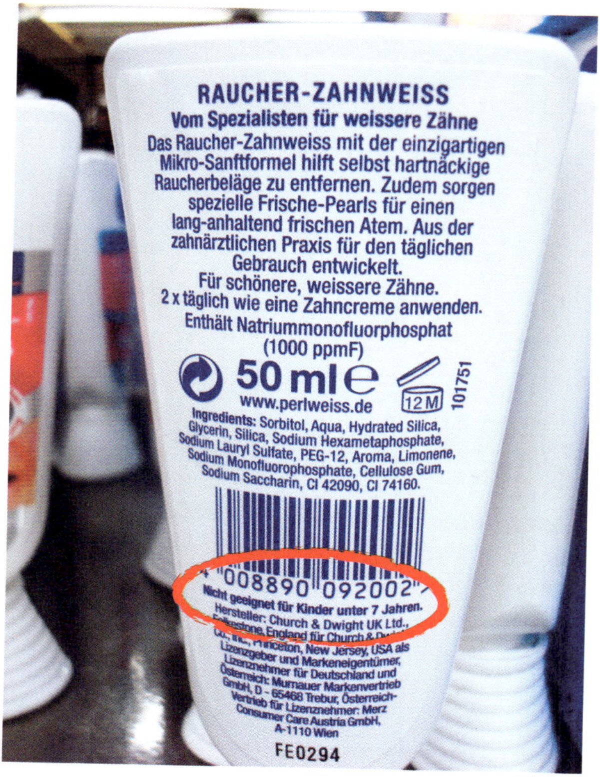

Bei so mancher Zielgruppenbestimmung kurz vor einer Produkteinführung wäre man ja doch gern dabei gewesen.

Bereits im Jahr 2009 sollte die Menge sowohl der nicht rauchenden Damen als auch der nicht rauchenden Herren so verschwindend gering werden, dass sich eine entsprechende Schildproduktion nicht mehr lohnte und entsprechend rationalisiert werden konnte. Mit dem Protest verschiedener genderaktivistischen Bewegungen hatte in der Schilderfabrik jedoch keiner gerechnet.

Es reicht aus, wenn Ihr Kind lesen kann.

»Dieser Artikel befasst sich mit dem Wasserfahrzeug Schiff. Weiteres siehe: Schiff (Begriffsklärung)«, sagt Wikipedia.

Wenn man Zeit düngt, läuft sie dann schneller oder langsamer?

An jenem Nachmittag, im Supermarkt vor dem Eigenmarkensüßigkeitenregal stehend (und dabei bemerkend, dass dem Begriff Eigenmarkensüßigkeitenregal eine gar wunderbare kognitive Standfestigkeit immanent war), wurde Warnfried M. aus K. beim Betrachten einer Naschwarenschachtel Opfer einer schmerzhaften Logikverhaspelung.

»Entschuldigung, ich suche einen Schokobrunnen für feste Schokolade.«
»Gleich dort drüben, bei den Eiswürfelkatapulten.«
»Ah, vielen Dank.«

Man sollte viel mehr (*)

(*) Fußnoten verwenden.

Wie Verbraucherbefragungen ergaben, hätte das Merkmal »totale Unsichtbarkeit« die Zielgruppe eher verunsichert: Benutzer des Geräts gaben an, eine lediglich mittelbare Unsichtbarkeit würde bei Installation und Konfiguration (ganz zu schweigen vom Abstauben) des Geräts deutlich helfen.

Manche Gags sind aber sogar mir zu plump.

Für Bilder, Quellen, Inspiration & Hilfe – Dank an:

[Bilder] Isabel Bogdan, Silke Super, Judith Hecktor, Julea, Florian Quander, Ueli Häfliger, Daniel Schmidt, Matthias Olescher, Oma Klonkmann, Christian Wetzel, Kathrin Siegmund, Peter Wittkamp, Michael Stock, Bastian H., Werner Feilner, Schreyeisen, Otto Krüja, Benjamin Nickel, Lukas Kerecz, Valentin Ecker, Benno Stoffels, José Miranda, Holger Klein, Sina Wimpfheimer, Matthias Oborski, Tobias Kaminski, Isobel Coquille, Martina Schröder, Dirk Herter.

[Ideen/Hinweise/Tipps] Melanie Gollin, Christoph Gand, Christoph Grützner, serotonic, Florian Römer, Nadine Maier, Aljoscha Everding, Simon Dömer, chepedaja, Heiko Reusch, Mathias Weck.

[Immer] Jenny Prinz, Carolin Buchheim, Philipp Strobel, Petra Decker, Jen Ellerson, Julia Meusel, Lars Majewski, Sarah Kuttner, Frauke Schmidt, Sabine Frost, Sarah Wächter, Mark Wickenkamp, Oliver Brauer, Christoph Voy, Anke Schmiedeberg.

(In no particular order/Ceci n'est-pas une Rangfolge/Ich hab' euch alle gleich lieb.)

Das Blog zum Buch & das Buch als Blog:

mind. halbgar
http://halbgar.org/
frank@halbgar.org

Florian Bredl

Kunden aus der Hölle

Irrsinniges aus der Service-Welt.
160 Seiten. Piper Taschenbuch

Unfreundlich, unverschämt, nervig, dumm oder schlicht verrückt? Jeder Verkäufer, Berater und Callcentertelefonist kennt sie: Kunden aus der Hölle. Ihre Mission: unnütze Arbeit verursachen, Zeit stehlen, Nerven rauben. Ihre Methoden: Zermürbung, Verwirrung, Fragefolter. Das einzige Gegenmittel: Lachen. Das erste Buch, das den Irrsinn der Service-Welt aus der Sicht der Leidtragenden schildert.

05/2697/01/L

Bastian Bielendorfer

Lehrerkind

Lebenslänglich Pausenhof.
304 Seiten. Piper Taschenbuch

Was wird aus einem Menschen, wenn Mama und Papa Lehrer an der eigenen Schule sind – und somit an jedem Tag im Jahr Elternsprechtag ist, die Mitschüler einen zum Daueropfer ernennen und es bei den Bundesjugendspielen nicht einmal für eine Teilnehmerurkunde reicht? Genau: Er wird selbst Lehrer! Mit gnadenloser Selbstironie schildert Bastian Bielendorfer, wie er der pädagogischen Sippenhaft zu entrinnen versucht, und verrät dabei, welch zarte Seele sich unter so manchem grob gehäkelten Mathelehrerpullunder verbirgt.

05/2698/01/R

Andreas Lehmann

Heiraten ist gut gegen Depressionen

… und was amerikanische Wissenschaftler sonst noch herausgefunden haben. 176 Seiten. Piper Taschenbuch

Endlich, die gesammelten Erkenntnisse der so oft zitierten »Amerikanischen Wissenschaftler«. Absolut wahr und höchst amüsant erklärt dieses Buch, warum schöne Menschen öfter Mädchen bekommen, Schokolade gegen Schmerzen hilft oder Ehen an nicht ausgewechselten Klopapierrollen scheitern können.

Außerdem haben amerikanische Wissenschaftler über amerikanische Wissenschaftler herausgefunden, dass sie für alles eine Erklärung haben. Wirklich, für gar alles.

05/2687/01/L

Rebecca Niazi-Shahabi

Nett ist die kleine Schwester von Scheiße

Danebenbenehmen und trotzdem gut ankommen. 288 Seiten. Piper Taschenbuch

»Weniger ist mehr« gilt vielleicht für die Farbwahl der Abendgarderobe – nicht aber für das anschließende Geschäftsessen. Wer sich immer brav im Hintergrund hält und verbindlich lächelt, hinterlässt außer einem lauwarmen Händedruck bestimmt keine weiteren Spuren. »Nett ist die kleine Schwester von Scheiße« zeigt, dass Charisma erlernbar ist, wie Charme perfekte Manieren ersetzt, und verrät die Geheimnisse prominenter Provokateure. Eine Kulturgeschichte des schlechten Benehmens, die Eindruck macht!

05/2663/01/R

Malte Welding

Frauen und Männer passen nicht zusammen – auch nicht in der Mitte

Warum die Liebe trotzdem glücklich macht. 368 Seiten. Piper Taschenbuch

Malte Welding schaut den Liebeskranken in die Betten, die Köpfe und die Herzen und stellt die Frage: Ist die Liebe noch zu retten – sind wir noch zu retten? Thomas ist ein notorischer Aufreißer, der sich heimlich nach der großen Liebe sehnt, Katharina kauft öfter Schuhe als sie mit ihrem Freund schläft und Kurt trennt sich von Johanna, weil sie mehr verdient als er. Scharfzüngig und mit viel Gespür fürs Allzumenschliche ergründet er die Liebesfallen der Nullerjahre. Lustfördernde Heilmittel für alle Formen der Bindungsangst garantiert.

Denn irgendwie passen sie doch zusammen – vor allem in der Mitte.

»Wahr und witzig!«
Jolie

05/2657/01/L

Walter Krämer, Götz Trenkler

Lexikon der populären Irrtümer

500 kapitale Mißverständnisse, Vorurteile und Denkfehler von Abendrot bis Zeppelin. 411 Seiten. Piper Taschenbuch

Vorurteile und Irrtümer bestimmen unseren Blick auf die Welt im großen und ganzen, aber auch im kleinen und im besonderen. Die Autoren, renommierte Professoren, zeigen wissenschaftlich belegt und statistisch untermauert, von wie vielen und von welchen Irrtümern wir umgeben sind und wie es sich daneben mit der Wahrheit verhält.
Daß Spinat nicht gesünder ist als sonstige Gemüsesorten, Hamburg mehr Brücken als Venedig hat und Nero nicht grausamer war als andere römische Despoten, hat sich allenthalben herumgesprochen, doch immer noch kursieren Hunderte von weiteren Irrtümern und Mißverständnissen im sogenannten Allgemeinwissen.

05/1150/02/R